詩集
―瑠璃（るり）色（いろ）の星の片隅に

Haruno Miyahoshi
宮星春乃

文芸社

目次

歌仙

詩集――瑠璃色の星の片隅に

詩

椰子の木の唄

一

椰子の木
椰子の木
大きな椰子の木

耳を澄ましてごらん
椰子の木の唄が聴こえてくるよ

むかしむかしのその昔
私の村は楽園だった
金貨銀貨も持たないが

人はいつでも笑っていた
私の葉っぱで家を建て
私のそばで安らいだ
喉が渇けば実を採って
私の水で潤した
森に入れば様々の
果実の香りが溢れてた
お腹がすけば実を割って
私の果肉で調理した
時の流れはゆったりと
皆がのんびり暮らしていた
強い陽射しの日中は
ゆらりと揺れるハンモック
私の木蔭はすっぽりと
親子の寝顔を包んでた
母親みたいに子守唄
緑の風に歌ってた
寄り添いながら歌ってた

歌ってた

椰子の木
椰子の木
椰子の木の優しさが
伝わってくるよ

二

椰子の木
椰子の木
大きな椰子の木
耳を澄ましてごらん
椰子の木の唄が聴こえてくるよ

何度も何度も繰り返す
激しい戦が続いてた
何が何だか解らずに
子供の命も奪われた
私の前を次々と
兵士が大勢走り抜け
家は焼かれて無くなった
数え切れない難民が
行列長く歩いてた
足を引きずり乳飲み子を
胸に抱えて過ぎていった
家族そろって逃げ去った
硝煙けむるその中は
狂気と不安が渦巻いた
夕陽の沈むある夕べ
一人の少女が泣いていた
私の根元にうずくまり
母を捜して泣き濡れた

帰らぬ母を呼び続け
最後は涙も涸れ果てた
私も一緒に泣いていた
泣いていた

椰子の木
椰子の木
椰子の木の怒りが
伝わってくるよ

三

椰子の木
椰子の木
大きな椰子の木
耳を澄ましてごらん

椰子の木の唄が聴こえてくるよ

ようやく戦が終わっても
私の心は晴れません
私の知ってる村人の
多くは帰ってこなかった
私の村は元どおり
活気に満ちてきたけれど
私の愛したこの土地に
多くの地雷が残された
以前はお米の種を蒔き
豊かに実ったこの大地
奥には怖くて入れない
近くも不安で耕せない
放牧された水牛を
引いて帰った少年は
夕陽の沈むある夕べ

地雷を踏んで息絶えた
助けを求めるその叫び
今も鋭く突き刺さる
私は何も出来ません
二本の足が無いからです
私も一緒に苦しんだ
苦しんだ

椰子の木
椰子の木
椰子の木の悲しみが
伝わってくるよ

四

椰子の木
椰子の木

大きな椰子の木
耳を澄ましてごらん
椰子の木の唄が聴こえてくるよ

だんだん進んだ復興に
平和が戻って来たけれど
暮らしはすっかり変わってた
自家発電のビルも建ち
私もネオンで飾られた
私は素顔で美しい
電気はもっと大切に
隣人達へ与えたい
高級ホテルが建ち並び
海外からのお客様
毎日押し寄せ泊まってく
外貨が落ちて潤うが

貧富の格差はなくならない
人は見下げて軽蔑し
人は見上げて妬みだす
かつてはのんき気に暮らす人
一ドル求めて日焼けする
家計を助ける子供たち
精一杯の声を上げ
旅行のお客に絵葉書を
一生懸命売っている
売っている

椰子の木
椰子の木
椰子の木の嘆きが
伝わってくるよ

五

椰子の木
椰子の木
大きな椰子の木

耳を澄ましてごらん
椰子の木の唄が聴こえてくるよ

何かが何かが少しずつ
おかしくおかしくなっている
熱帯林が切り取られ
川や湖海までも
溶けこむ泥が多くなる
気温は異常に高くなる
私は必死に葉を広げ

灼けつく猛暑を防いでいる
私の努力も近頃は
効果がないと悩みます
どんなに力を尽くしても
私だけでは間に合わない
私が愛した村人の
私を愛した村人の
この実も葉っぱも樹液まで
ずっと役立ち続けたい
今日も明日も隣人に
涼しい木蔭を与えたい
私の小さな願いさえ
この先消えてしまうかと
心細さを憂いている
憂いてる

椰子の木
椰子の木

椰子の木の不安が
伝わってくるよ

六

椰子の木
椰子の木
大きな椰子の木

耳を澄ましてごらん
椰子の木の唄が聴こえてくるよ

私はすっかり年老いた
多くの悲しい出来事を
ずっとながめて生きてきた
それを数えて嘆くより

幸せだったあの頃の
むかしむかしの子守唄
思い出しつつ歌います
自分を慰め歌います
過ぎた時間は戻らない
けれど私の胸の中
誰かに届くと歌います
この先この身が枯れるとも
私の子供や孫達の
生き抜く明日はやって来る
私が見ている隣人の
生き抜く叡智を信じます
陽が射し光が有る限り
真っ直ぐ空へと伸びてゆく
恵みの雨が降る限り
しっかりと大地に根をおろす
生き抜く叡智を信じます
信じます

椰子の木
椰子の木
椰子の木の強さが
伝わってくるよ

七

椰子の木
椰子の木
大きな椰子の木
耳を澄ましてごらん
椰子の木の唄が聴こえてくるよ

いつかいつかは知らないが

また楽園がよみがえる
宝石よりもまぶしくて
金銀よりも大切な
あらゆる命が光りだす
緑豊かな大地には
命の連鎖が支え合う
海に輝く青い星
みんなの色が融けている
自分の色を押しつけず
慎ましやかに和している
私の子孫は相変わらず
小さな村の片隅で
涼しい木蔭を宿している
昔語りの子守唄
風と一緒に歌っている
そんな世界が来るならば
老いた私のこのからだ
すべて捧げて構わない

そんな日の来る世の中を
待てば叶うと祈ります
祈ります

椰子の木
椰子の木
椰子の木の気高さが
伝わってくるよ

大きな椰子の木
耳を澄ましてごらん
椰子の木の唄が聴こえてくるよ

紫陽花（あじさい）の咲く頃

庭の紫陽花の蕾が白く泡立つ頃
貴女は広島へ戻って行った

蕾は日に日に膨らみ
まだ黄緑色の小さな花弁
少しだけ青味を帯びてちらほらと開いた

貴女との電話のやりとり
いつも通りの明るい会話
私の一抹の不安をかき消してくれた

季節は梅雨の最中
雨は降ったり止んだり
また降り続いていた

雨を揺り籠にして
紫陽花はだんだんと大きくなり
青い手毬の花房が濡れていた

貴女の電話の声
急に去る事になったと告げてきた

いつの日かはとずっと覚悟はしていたけれど
やはり心は揺れ動く
広島と宇都宮は遠い距離なのに
ＩＰフォーンの貴女の声
どうしてハッキリと聞こえるのだろう
こんなに近くに感じるのだろう

雨は降ったり止んだり
また降り続いていた

紫陽花が青から紫へと色を深め
私の庭で綺麗に咲き誇る頃
貴女は本当に広島に帰っていった

紫陽花
土地によって微妙に色を違え
日々ゆっくりと色を変える花
八仙花とも言う紫陽花
両手を添えればふんわりと
貴女との思い出が溢れ出す
新しい予感を宿しながら
私を慰め確かな感触で咲いている

ヒマラヤの峰

ヒマラヤの峰
純白な万年雪に蔽われ
何年も何世紀も
世界の最高峰は輝き続ける

朝陽が真横から射し入れば
黄金色に返照し
神々の時間だけが流れてゆく

遥か遠く
地上の者は仰ぎ見て
白い秀麗な頂に魅せられる
恐れに似た
震えに似た

厳かな美しさ
その姿を仰ぎ見て憧れる
夕陽が斜めに落ち沈めば
雲海を赤紫に染め
沈黙だけの時間が流れてゆく

ヒマラヤの峰
雪と氷に強風が吹きつける
何年も何世紀も
世界の屋根は動かない

遥か遠くから
地上の者は仰ぎ見て
崇高な美しさに祈りを捧げる
悠久の勇姿に更に励まされる
希望や願い志までも高く
更に強く心に抱く

嘗て一人の美しい女性が
このヒマラヤの峰に喩えられた
何年経ても輝きを放ち
背筋の芯は今も頑強に揺らぎ無い

少しだけ違うのは
いつも人を思い
家族を想い
その人の懐から春風が吹く
暖かく身近に吹いて来る

「ソーダー水」を飲んで

長く走ったら
少し足を止めて
ソーダー水を飲むのもいいね
コップ一杯の清涼に
こもった熱が吹っ飛び
喉の渇きが潤ってゆく

遠くまで歩いたら
少し足を休めて
ソーダー水を飲むのもいいね
泡一杯の甘さに
溜まった疲れが溶け出し
また元気が蘇ってくる

辿ってきた道程
振り返る事もできるし
これからの行く先
目を凝らす事もできる
この美味しい一時を
ひたすら無心で
味わい尽くすのもいい

二本の足と両腕って
ずっとは動かない
昼と夜とが一日の様に
活動と休息を繰り返す

脈打つ心臓って
小刻みだけど
生きて感じる心
その時々で大きく揺れる
その場その場で移ってゆく

何度も笑い
何度も泣ける
戸惑うぐらい何度も変わる
時間とともに移ってゆく

何処でも悲しみ
何処でも喜ぶ
驚くぐらい何処でも変わる
場所と一緒に移ってゆく

脈打つ心臓って
規則正しいけれど
人の気分って予測を超える
自分でも可笑しくなるほど
突然変わる

走り続けて息が切れたら

少し立ち止まって
ソーダー水を飲むのもいいね
爽やかな一杯で
呼吸が楽になる
気分も入れ替わる

この一杯を味わい尽くそう
考えるのはその後でもいい
これから先の景色を
深呼吸して見据えれば
何かがきっと語りかけてくる

自分に正直でも苦しみ
自分に背いても息苦しいのだから
どうせなら自分に正直の方がいい
己を見据えても悩み
己を誤魔化しても辛いのだから
どうせなら己を見据えた方がいい

まずはソーダー水を飲んで
この一味の幸福を味わおう
この一時の自分を大切にしよう

人の気分は不思議だね
大きく振れて変わってゆく

人の心も不思議だね
移ろいながら変わってゆく
どんなに悩み迷い苦しんでも
自分に真っ直ぐに
ちゃんと楽しみを探し出す

自分だけのリズム
自分だけの時間の中で
心の磁石
喜びの方向を知っている
幸せに針を向けている

烏瓜(からすうり)の詩

一　烏瓜の花

夏の夜
烏瓜の花は開く
薄いレースの触手を広げ
ゆっくりと密やかに
小さなドラマが始まってゆく

夕霧が木々の間に
吸い込まれるように
遊び疲れた妖精たちは
深く暗い森に帰って行った

静まりかえった藪の中で
微かに濡れた葉擦れの音がする
低い呟きにも聞こえる
　私はきれい？
　それとも醜い？
　私は可愛い？
　それとも可笑しい？
　見ないで、見ないで
　やっぱり見ないで
　私を見ないで

目を凝らせば
夕闇に浮かぶ
烏瓜の白い花

まあ、何と不思議な花
こんなに美しいのに
どうして隠れて咲くの？

そんなに恥らい
なぜ隠れて咲くの？

烏瓜の花
それでも小刻みに
震える声で囁いていた
　誰も見ないで
私は妖精が悪戯をした花
　透き通る小さな手が次々触れてゆき
　永遠に解けない呪文をかけた花

夏の夜
烏瓜の花
白く妖しく
密やかに
小さな物語が広がってゆく

二　烏瓜の実

晩秋の昼下がり
烏瓜の実を見つけた

木も草も葉を落とし
すっかり寂しい風景の中
心に赤い提灯が点る
霜枯れの小路が
ポッと明るくなる

暑い夏の夜
隠れるように咲いていた白い花
それがこんなに赤く鮮やかに

きっときっと恥ずかしがり過ぎて
顔を夕焼けに染めたまま

可愛い心を映した実

手に取れば
微かの重みと暖かさ
自然に伝わってくる

何だか嬉しい気分
何故だか優しい気持ち
今日は良い事がありそうな
そんな予感の烏瓜の実
烏瓜の実

朝霧・夕霧

朝霧は
蓮の蕾(つぼみ)の胎蔵界(たいぞうかい)
乳白透ける紅の色

夕霧は
常盤(ときわ)の松の夢衾(ゆめふすま)
銀色煙る深緑

繰り返す
朝の出会いと夕べの別れ
全てを呑み込み時は流れる
切れ目無き
輪廻(りんね)の糸を織(お)りむすび
二人で染めた

今日までの日々
二人で歩んだ
長き道のり

遠く届かぬ天に行く君
吾を残して先に発つ君

只柳有無情
枝葉誘不行
花影留心里
鮮艶放香清

ただ柳は無情
枝葉誘（さ）いて行かず
花の姿は心の中
色鮮やかにして
清らかに香り立つ

水行浮花流下悠
野遍吹風空上遊
追憶留君不忘記
美顔無限笑幽幽

行く水は
花を浮かべて悠悠たり
野辺吹く風
空に上りて遊遊たり

空は何色　風の色
風は何色　時の色
君を包んだ全ての色

君は時の間に佇んで
今も優しい微笑
無限に浮かべている

朝霧は蓮の蕾の胎蔵界
陽の出の紅に染まる白
夕霧は常盤の松の夢衾
眠りの夜を誘う銀
全てを包んで霧は漂う

※奥様の御逝去を悼み、心より御冥福をお祈り致します。

花冷えの夜

双蝶の去りて
追い降る
雨の音

花冷えの
夜降る雨や
師の訃報

墓前には
白ゆり二本

香り広げ
一本の
煙草も添えて
香華かな

傍らの花

花
咲いて
萎れ
花
ひたすら咲いて
散る

花弁を開き
香りを飛ばし
種子を実らせ

枯れても時を待ち
また
花開く

巡る季節の中で
人はいつも何かを思う
何かを求め
何かを手繰り寄せ
そして
何かを切り捨てる

花に重ねた心
胸に秘め
吐き出した思い
また咀嚼（そしゃく）する

花はあなたの傍に咲いている
風や虫たちと戯れながら
時の流れを無言で受け入れている

そして限りなく美しい

アカシアの大連

五月の風に乗って
甘い香りが漂って来る

河川敷の小道で
見上げると高い梢に
花房を沢山垂らして
アカシアが咲いている

澄み切った五月の空
どこまでも果てしなく
蒼穹を背負うように
アカシアの花が咲いている

初夏を知らせる青葉の輝き
草木の生気溢れる匂いに混じって
優しい五月の風は
確かなアカシアの香気を運んで来る

この香り
このどこか懐かしい香りに
街全体が包まれる
そんな都市があると聞いた
まだ見ぬ海を越えた大連
遥かなる大連

この香り
この郷愁に似た香りは
それだけで私を大連に近づける
まだ見ぬ知らない街だけれど
強く私を引きつける

その街で青春を過ごした人の話は
もう七十年以上の前の事
大陸に渡った人の話は胸を打つ

大連から鉄道は瀋陽　長春
そしてハルピンへと延び
その夢は大きな夕陽の先までも
真っ直ぐに続いていた
鉄路に燃やした希望
地平線の夕陽と同じに
真赤に燃えていた

大連からハルピンへ
勤務明けの
スンガリーの川岸
心地良い夕風に
そぞろ歩きした若き日々

戦争を知らない私だけれど
戦火の苦労を知らない私だけれど
もっと話を聞いてみたい
本当の事実を教えて欲しい
何が有ったか伝えて欲しい

アカシアの花
今年は既に散ってしまった
けれど昔も今も
変わることなく
時が巡れば花を結び
香ってくる

明るい笑いの数々
幸せを誘う微笑み
切ない悲しみ
語り尽くせぬ一つ一つの思い
数えきれない辛酸苦難（しんさんくなん）

忘れてはならない戦争の歴史
総べてを包んで街全体は
香り出すという

その街のアカシアの並木を
一度は見てみたい
時が立てば立つほどに
馥郁と醸造される果実酒の様に
見たい思いが積もってゆく
アカシアの大連

数々の複雑な思いを秘めて
アカシアの香りは幾重にも
幾重にも重なってゆく
アカシアの大連

白い花の心で歩いてみたい

熊岳城（ゆうがくじょう）の悲母伝説

母と子の悲話を伝へる望小山（ぼうしょうさん）
　初夏の陽に映え車窓より見ゆ

冨　祐次

列車は大連を出発した
線路沿いには所々リラが植えてあり
紫色の花をつけている
熊岳城に近づくと
林檎の広い畑が
次から次へと車窓に流れてゆく

古い煉瓦の家並みの向こう側に

小高い岩山が少し霞んで見える
「あれが伝説の望小山ですよ」
冨先生の元気なお声が飛ぶ
H・Yさん、今は亡きG・H洋子さん
私達三人の漢語会の女子会メンバーは
席から身を乗出して山頂に視線を運ぶ
見える、見える
確かに見える
人が立つ姿
初夏の柔らかい陽射しの中
クッキリと浮かび上がっている
帰らぬ我が子を待ち続け
最後は岩に化したという伝説の
母親の姿

戦後の日本
船で帰還する息子の生存を信じ
岸壁に佇む老母の姿が歌謡となり涙を誘う

はるかに海を越えた中国の東北
熊岳城にも
大戦のずっと昔から
都へ行った息子の帰りを
小高い山の上で待ち続け
命尽き果て岩になったと伝わる
悲しい母の物語がある
「岸壁」ならぬ「岩壁の母」

古今東西　国を違えても
春夏秋冬　千載(せんざい)の時が流れても
子を思う母親の愛は深いものと考える
たらちねの母
吾が児を思うだけで乳が溢れ垂れるという
母性のありのままの真実
それは理屈ではない
子を思えばその身はすでに動いている

母親の慈しみの心は哀しいまでに強い
望小山の悲話に感じ入る一人として
寄せる思いを詩に書いてみた

岩に化した慈母

迎春花が庭に咲きこぼれる
あの日
お前は朝日を背に手を振って
戸口を出て行った

お前の手
乳飲み児の頃
胸の中で小さく柔らかく
そして今
母のきゃしゃな肩を

両手でスッポリと包み込んで
こんなに大きく逞しく

元気で帰るから　お袋　達者で
と言って白い歯を見せて笑った

あの時の最後の言葉
忘れはしない

私が丹念に縫い上げた春の衣を纏い
息子は都へと旅立って行った

慈母手中線
遊子身上衣
臨行密密縫
意恐遅遅帰　　孟郊

どんなに帰りが遅くなろうとも

吾が子の帰る日を信じ
母は待ち続ける

慈母の懐袍(かいほう)別に春あり　与謝蕪村

春がまた巡り
柳絮が優しく舞う頃も
黄砂が頬を叩く烈しい風の日も
四方を見渡せる望小山の頂きに立ち
母は待ち続ける

夏の盛り
高粱粥(こうりゃんがゆ)を煮ている時さえ
お前の帰還を思い描く
地平線から粟粒のような小さな影が現れ
だんだん大きく、どんどん近づいてくる
そう思うと身体が既に動いている
強い日差し

岩肌は熱く焼けて
それでも望小山に這い登り
遠方へ目を凝らす
母は今日も待ち続ける

熊岳城の夏は短く
秋は一気にやって来る
灯火の下で静かに思う歳月の長さ
独り身の寂しさが襲ってくる
冷めた目で哀れむ視線
今ではすっかり気にならなくなった

諦めは世の常であるが
譲れない事もある
あの日交わした約束
どんなに不安や恐れに駆られても
愛しいわが子の言葉を
母ならばこそ信じていたい

お前にふりかかった幾多の困難を思うと
真っ先に駆け寄り
強く胸に抱きしめたい
だから今日もまた
私の足は望小山の頂きに向かう
一番見晴らしが良いこの場所で
時を忘れ立ち続けて
いつまでもいつまでも
待ち続けて行く

待ち尽くす慈母の姿は
終には岩となり
熊岳城の望小山の上で
永遠に佇み続けているという

真冬

凍てつく中国の東北の大地を
列車は弾丸のように走り抜けた
熊岳城を通過する黄昏迫る頃
パシナは真っ赤な火炎を吐き
警笛を遥か遠くまで響かせる

立っている
立っている
今日も立っている
極寒の岩山の頂で
身動ぎもしない強い愛の姿
闇夜を照らす蝋燭(ろうそく)の様に
真直ぐに立ち続けている

時は過ぎ
悲惨な戦がまた始まった
内戦の嵐も吹き荒れた

更に時代は移り
平和な時代が訪れた
けれども母と子の
悲しい生き別れ
辛い死別は無くならない

春夏秋冬
廻り巡り幾年を繰り返しても
岩の塊と化してまで
立ち尽くす母の願い
一途な姿
その伝承は
千載余情(せんざいよじょう)の涙をそそる

※熊岳城の望小山は望児山(ぼうじさん)とも呼ばれています。

光の接吻

閉ざされた世界
四方は石壁で塞がれ
冷気だけが肌に伝わってくる

薄闇を凝視しても何も見えない
不安の影が茫洋と広がってゆく

私は何処にいるの
なぜ此処にこうしているの

助けを呼んでも誰も答えない
耳を澄ましても何も聞こえない

孤独の恐ろしさ

平衡感覚さえも麻痺した両足は
萎えながら小刻みに震えていた

寒い
寒い
消えてしまうほど寒い

そんな日がどれほど続いたのだろう

ある朝
一陣の風が通り抜けた

見上げると天井の僅かな隙間から
光が差し込んでいる
輝くその真下で
そっと目を閉じてみる

あなたの暖かさ

薄絹の衣を通して
私をスッポリ包んでいる

太陽を求める向日葵のように
私は顔を上げたまま
あなたの口づけを全身で感じている

眩しい光線は
葡萄(ぶどう)の蔓のように
弄(まさぐ)りながら手を伸ばし
確りと私に絡みついている

その強く優しい腕の中で
昨日の不安は全くの嘘(うそ)になる
あなたに守られ擁かれ
決して一人ではないと感じる

青ざめた唇には

仄かな紅色が蘇り
とけ出した魂までも
身を委ね
生きる喜びを感じている

光の接吻
この瞬間の甘美
永久となる

両目を瞑(つむ)っていても
時間は停止していても
全世界がキラキラと煌めき
花々の香気と一緒に
金箔の銀杏の葉が散ってゆく

あなたの抱擁
希望よりも素早く
生命に火を点し

生きる力を呼び覚ます

光の暖かさ
その瞬間が
私を変え
明日を変えてゆく

『蕪村誕生』の出版に寄せて

各短編小説のタイトルに合わせて、感想として詩にしてみました。

●泰山木(たいさんぼく)

白き花びらは
あまりにも大きく
厚い花肉は
女の業に似て
あやしく湿る

明けぬ夜に
残り香だけが

虚ろに漂う

ああ
オイディプス
オイディプス
盲目なりて今もなお
運命の悲劇の中を
彷徨(さまよ)い続けている

●曼殊沙華(まんじゅしゃげ)
蔓珠沙華
蔓珠沙華
熱き血潮の
燃え果てて
燃え果てて

枯れ残る花
枯れ残る道

●「宦官（かんがん）」の囁き

宮廷の内憂は
宦官の囁きから始まり
富と権力の野望が
耳打ちして終わる

責める者は捏造に手を染め
噂を流し信じ込ませる
守る側は保身の恐怖から
これまた事実を歪曲してゆく

振りまわされるのは
将軍の面々か　文官達か

いやいや　皇帝自身なのか
もう誰にも分からなくなる

後から目を凝らしても
藪の中の暗がりが
真実を覆い隠す

どちらにしても
また新なた抗争が始まり
無実のまま
また誰かが犠牲になってゆく

● 「簫妃（しょうひ）」

蒼竜（そうりゅう）の眼の奥に
沢山の涙の塩が積もり
隠された爪が

こんなに鋭く
乳房にくい込んでいます

その痛みに耐えて
琴の音に全てを語らせました
弾き終わった後の
魂はもう空っぽです

だからもうかまわないで
さもなければ
最後に残された
誇りだけで挑みます

その矢も私の願うところ
これまでの暴挙に終止符を
打ってみせますわ

そして

簫妃様はこの世から消えたのです

その恨みが
この世に祟りを起こしていると
皆は噂を聞いているけれど
それは違います

あのお美しい簫妃様
天帝に召されたのです
鳳凰（ほうおう）になって一瞬に飛び去り
平和の国の皇后様になられたのです

この鳥の姿
見えていないだけ

●「蕪村誕生」

「夜色楼台雪万家（やしょくろうだいゆきばんか）」という絵
知っていますか？

涙に似た悲しみの癒し
知っていますか？

画いても描ききれないもの
触れる事が出来ますか？

言葉を超えて
詩よりも確かなもの
感じる事が出来ますか？

一つで十分です
心の襞をこんなに震わせて

すっかり虜にする
それだけで信じます

与謝蕪村
ゆかしい人

宇都宮で初めて蕪村と名乗りましたが
本当の名前は分かっていません
それでよいのです

蕪村が蕪村であるかぎり
その風景の奥には
何処までも香気が広がります
その深い審美の海に身を沈めて
墨色の底の底まで覗いて下さい

蕪村
貴方が生まれ出た不思議

出生を秘して語らぬ不思議
貴方が貴方である不思議
貴方の本当？
貴方は何者なのですか？

海の終わり

その一

赤茶けた大地に小さな水溜まりがあった
動かない水面は灰色の空の下でも
不気味なぐらいにコバルトブルーだ

遠い記憶をたどり人々は言う
これは海の終わりだと
そして誰も信じないだろう
かつては果てしなく広がる
大海原であったことを
鼓動のように大きな波が寄せていたことを

月が出た
干乾びた砂に刻まれた
幾筋もの塩の川が鈍い光を放つ
この無機質な荒涼とした世界
何億年という歴史を刻んで
あらゆる生き物を育んだ
私達のかけがえのない大切な海
その最後の姿

黄金の煌めきよりも光り輝いていた
豊饒（ほうじょう）の海は
もう遠い昔に
死に絶えてしまったのだと

その二

網に捕らえられた海

小さく更に小さく絞られてゆく
釣竿にかかった魚のように
必死でもがいている

海の底
誰も知らない暗い底
深く冷たく　無言です

その三

海
最後のその日
クジラの目は潤んでいますか？
カモメは啼きますか？

その四

森が死ぬと河も痩せるんだ
海藻も魚も全部減るんだ
魚がいない海
どうなるのだろう
命と繋がる海
どうなるのだろう

その五

エーゲ海の沖で
ドルフィンの群れを見た
艶やかな白い腹をひるがえし

誇らしげに跳んでいた

南の斜面に
オリーブの実が熟れた
乙女達の笑い声が
島々に溢れ
太陽の雫に指先が光った

あれから数えきれない
夏の初めと終わりが過ぎて行き
バッカスの祭典を祝う
酔い痴れた影達が
狂ったように夢の中で
走り抜けて行った

瑠璃の星に生きる

世界はついに見てしまった
月面から日の出のように
昇る地球の映像

私達は既に感じてしまった
荘厳までに美しい
地球の姿
それは海の輝きで光っていた

陸地は
緑の陸地と赤茶けた砂漠が
ハッキリと色分けされ
その上に重なる白い雲
帯となり流れ

所々に大小の渦をつくっていた
奇跡の星はゆっくり動いている
聖なる生き物の受精卵に似て
刻々と模様を変化させながら
生きている
海のふところに抱かれ
完璧なまでに調和している

君達はもう知っている
海は全ての生命の源
命ある者達の揺り籠だと

海からの蒸気は大気を巡り
雨は大地に降り注ぎ
草木も動物も潤している
いやいや山や湖や風までも
海流からの恵みや影響を受けている

変化し循環を繰り返し
流転する水の星

荒れ狂う海
渦巻く嵐
恐怖と絶望とその災いさえ
いつか癒され鎮まると
私は願いたい
宇宙に繋がる時間の中で
淘汰され進化を続ける
生き物たちの逞しさ
そして儚さ

生と死が切れ目なく繋がり
今生き続け
また生かされている
私達

海が育んでくれた生命
私達の生き抜く力
芽吹く再生のパワー
私は信じていたい

ホモサピエンス
ホモサピエンス
漆黒の闇に浮かぶ地球の実像
この画像まで手に入れてしまった
ホモサピエンス

進化の頂点に立つと自称する
ホモサピエンス
私達の視線は
目先の驕りに犯され
濁っていないだろうか？

私達の眼光は

地球を射抜くまでに鋭く
その眼差しは
宇宙の先へ微笑むほど
優しく温かいだろうか？

私達の知恵は
群青の海よりも
広く深いだろうか？
誇らしいものだろうか？

私達は既に感じてしまった
荘厳までに美しい
一つの地球
それは瑠璃の色に輝いていた

詩の解説

椰子の木の唄

一九六〇年代に私の父は公務でカンボジアに赴任し医療援助の仕事に携わっていました。その頃のカンボジアは貧しいながらも、人々はクメールの微笑を浮かべて暮らし、「東洋の楽園」として讃えられていた時期でもありました。大国の思惑に影響されたこの国のその後の不幸は、十年間で国旗が一〇回も変わるという悲惨な内戦の歴史の中に刻まれています。とりわけ、ポル・ポト政権下での大虐殺は知識人達がターゲットにされました。父が育てた知人達の多くも犠牲になりました。父が他界してから七回忌を過ぎた時期に、私は夫と共にカンボジアに旅行し、その直後に一気に書き上げたのがこの一連の詩です。椰子の木に父の思いを重ね鎮魂と冥福の気持ちを込めて作った作品です。そして、今なお内戦や戦争が無くならず、罪のない多くの人々が犠牲を強いられている現状を考えながら、平和・安寧の世の中を願う切なる気持ちで作った詩です。

紫陽花の咲く頃

親しくお付き合いしていた友達が、実家がある広島に引っ越しされて行く時に作った餞別の詩です。中国語が得意でパソコンも上手に操作できる頼もしい友でした。離れた土地へ行っても色を変えながらも綺麗に咲く紫陽花に友情を込めたつもりです。

ヒマラヤの峰

この詩は、ある中国の老婦人の為に作り贈った詩です。彼女は代々の学者の家系に育ち、文化大革命の時代には家族も親族も大変な御苦労があったとの事です。そして困難な時でも彼女は家族を思い耐え抜いたそうです。小柄で細い身体からは考えられない様な強い意思の持ち主でした。また端正で上品な顔立ちから推測して、若い頃はとても美しい女性であったと思います。案の定、青春時代のある時期に今は名の知られている有名な画家から「ヒマラヤの峰」に喩えられた詩を贈られたとの話も伺いました。今は故人となったその方が中国の故郷に帰国される折に餞別としました。

「ソーダ水」を飲んで

この詩は、知人のお嬢さんを励ます為に作った詩です。名門の大学受験にむけ一生懸命に勉強したのですが、狭い関門を通る事ができず落ち込んでいるとの話を聞きました。心の痛手をやわらげ、辛い気持ちから少しでも楽になれば良いと思い書いた作品です。

烏瓜の詩

友人から「烏瓜の花」の写真を頂きました。漆黒の夜にレースの様に白い花を咲かせる不思議な花。野鳥の本なども多く出版しているその方は写真の腕も素晴らしく、感謝しながらこの花の写真を受け取りました。烏瓜の奇妙な花の形、烏瓜の可愛い実を題材にしてお礼として作りました。

朝霧・夕霧

この詩は、丸山一彦先生の奥様が御逝去された時に追悼句として贈った詩です。小林一茶と与謝蕪村の研究家として歩んで来られた先生の最愛の夫人への葬送として、蕪村の「澱河歌」で詠われている「柳」と「流花」の言葉を使い自作の漢詩も挿入しました。先生の気持ちを察し感情移入しながら、深い悲しみのお慰めになればと作りました。

花冷えの夜

この俳句風の詩は、丸山一彦先生の訃報の電話に接した時のものです。静岡県の沼津にて先生の訃報の電話を受けたのは花冷えの雨降る夜でした。一週間前、宇都宮の病院にお見舞いした際に体調は少し弱っていると感じたものの、先生はベッドから身体を起こして一時間あまり貴重なお話を語ってくれました。東京文理科大学（後に東京教育大学を経て現在の筑波大学）文学部で、能勢朝次博士の直弟子でもあったと伺っている丸山先生は、戦後の食糧難の際にリュックサックに沢山の薩摩芋を詰め込み、それを背負って栃木の足利から東京の恩師の家に届けたそうです。「その時に恩師が大変お喜びになった」というお話を嬉しそうに話して下さいました。また学徒出陣の事、画家としての蕪村について等々を先生と会話したのです。それから数日しか経たない突然の他界の知らせに私は茫然となるばかりでした。奥様がお亡くなりになってから体調を崩され、間も無くあの世に旅立った先生の事を思う時、先生が嘗て詠まれた「双蝶」の句が頭によぎり、まるで奥様を追いかける蝶になってこの世から飛び去って行った様に思えてならないのです。

傍らの花

この作品は、連句に詳しい江連晴生先生とのメールのやり取りから生まれた詩です。歌仙の席でも常々連句の決まり事などを懇切丁寧に指導して下さった晴生先生です。先生は蕪村の俳号の一つである「夜半亭」を用いて「夜半亭ワールド」や「晴生ワールド」のサイトを立ち上げ、インターネットを縦横無尽に駆使して研究文章の集積や蕪村関係の資料の蓄積を実行されています。そればかりでなく歌仙や川柳や詩作などにも指導的な立場での実践をネット上で広げています。ある時、「花づくし」という共同創作する詩の試みが有りました。それに参加させて頂いた直後に感想として作った詩を基にしたのが、この「傍らの花」です。

アカシアの大連

我が家の近くには鬼怒川が流れています。その河川敷には沢山のアカシアの木が群生していて五月頃になると、一斉に白い花房から甘い香りを放ちます。この香りに街中が包まれる大連の話を聞きました。その方は漢語会で御一緒している最年長のT・U先生です。青春時代に満鉄の車掌として大連に住んでいたそうで、言葉少なに語る若き日の体験談は、戦争を知らない私達でも心が動く話ばかりです。こうした事を詩にして、漢語会の仲間にもお披露目したところ、その後に大連を含めた中国東北の旅へ皆で出かけようとの話も進んだのです。

熊岳城の悲母伝説

中国東北を旅した折に、車窓から眺めた岩山（望小山、または望児山とも言う）に伝わる悲しい母の話を聞きました。それを教えてくれた冨祐次先生は、現在は百歳を超える長寿でいらっしゃいます。その方の詠んだ「母と子の悲話を伝へる望小山　初夏の陽に映え車窓より見ゆ」の和歌を受け、付句の様に続けて書いたのがこの文章と「岩に化した慈母」の詩です。

熊岳城は満鉄の駅でもあり、戦前には熊岳城農事試験場が有った場所だそうです。中国語を学ぶ仲間の一人にI・Mさんという「満州生まれ」の方がいました。戦前に父親が熊岳城の農事試験場で働いていたそうで、その彼からもその悲母伝説を聞きました。中国語を勉強していたからこそ知る事ができた話です。満州生まれの彼の話では、少年時代にその伝説のある「望小山」に毎日のように登り、満鉄の誇る弾丸列車「あじあ号」の通過を待ち、夕飯を知らせる母親の呼ぶ声さえも無視して岩山に行き列車の通過を待って、それを見届けてから満足して帰宅したとの事でした。彼の体験話からも色々と感じるものがありました。

「満鉄」は日本が中国大陸に侵略して行く先駆けとしての面を持ちながらも、当時そこで暮らしていた人にとっては、懐かしさも含め思い出も多いのです。そして同時に、敗戦の引き上げ時に味わった苦労の数々と多大な犠牲によって、彼の心の中には複雑な思いと今なお癒えない傷があるのだと話してくれました。

吾子を思う母親の思いは、場所や時代を問わず同じではないかという確かな気持ちがあります。しかしながら一方では現代社会の歪みと言えるのでしょうか？……本能さえも麻痺させた母親による子供への虐待の多さにも憂慮しています。その様な諸々の思いに駆り立てられながら「岩に化した慈母」を作りました。

光の接吻

「しもつけ連句会」の連衆の杏奈さん（本名―彰子）は、俳人としても活躍されている方です。その杏奈さんが『平畑静塔賞』を受賞された俳句「クリムトの黄金世界銀杏散る」を受けて作ったのがこの詩です。クリムトの絵と言えば、「接吻」や「ダナエ」が有名です。そのイメージを頭にいれて作りました。幽閉されて絶望する美しいダナエに、ゼウス神が黄金の雨雫に変身し、抱きしめたという神話があります。それを「接吻」の絵に重ね創作しました。

絶望から死人の様に精気を失ったダナエ。彼女は黄金の光と雫に触れて蘇生され、新たな生命ペルセウスをお腹に宿す話なのですが、ゼウス神とダナエの出会いの一瞬を、実に官能的にクリムトは描きました。このクリムトの黄金世界を表現した杏奈さんの名句に繋げた詩です。

また同時に3・11の東日本大震災の被害で絶望の淵に立っている人々に、温かい蘇生の光が真っ先に届いて欲しいと願う気持ちも込めました。我が家も震災では震度6強の揺れの被害を受けました。破損は物だけで済みましたが、余震に怯えていた寒い夜のことは忘れようにも忘れられません。そのような震災後でも気持ちが救われた事があります。連衆の康湖さんが地震の直後から石巻の被災者への物資の支援ボランティアを精力的に行い、私もその要請の一端に協力できた事です。また連衆の芙佐さんは「染め織作品」の個展を開き、その売上金を震災の義援金として寄付もされました。惨状極まりない大震災に「居た堪れない気持ち」を引きずり続けていた中で、僅かですが手を差し伸べる支援に連句の連衆全員が協力した事、また出来た事が、私自身の気持ちも救ってくれたのです。そのような事を背景にして作ったのが「光の接吻」です。

『蕪村誕生』の出版に寄せて

連句の連衆の一人である成島行雄先生（俳号―雪翁）は、御自分から「蕪村狂」と宣言する方で、『蕪村と漢詩』や『蕪村誕生』という御本も出版されています。先生から『蕪村誕生』を贈呈された際に、その本の中に収められている短編小説の題名に基づき、内容に沿う形で詩を作りました。読後の感想文の代わりに贈った一連の作品に対して、既に故人となられた先生からお礼の言葉を受けた日の事など、様々な事が思い出されます。ここに紹介した詩は、その作品の中から一部を選び、それに加筆訂正を行い載せたものです。

海の終わり

この一連の詩は、環境問題の一つとしての海の汚染を危惧し、環境の破壊を心配する気持ちで創作したものです。その糸口を作ったのは、ベトナムのホーチミンから飛行機で乗り合わせ、座席が隣になった方との出会いでした。その方は名古屋で開催された地球環境博覧会において、竹材を使った繭型の日本館を設計し建設した人でした。機内で聞いた地球環境に関する様々な話に触発されて、帰国後に書いたのがこの一連の詩です。お話に対しての感謝も含めて作りました。

シュールな書き出しの「海の終わり」は現実感からはかけ離れた架空の世界です。海の汚染によって生物の多様性が失われ、その最後の行き着く先が無機質な「死の世界」という意味で、敢えて悪夢の様に描き出したものです。

瑠璃の星に生きる

月の地平線から浮かぶ地球の映像を見た時、その美しさに身震いするような感動を覚えました。そして、この映像は、「私達に新しい一頁を開く始まりではないか」と直感しました。その直感が未来に繋がる事を願う気持ちで書いた詩です。

宇宙から眺める地球の実像は、国と国の境界線も無く、瑠璃色に輝く海が大陸を囲んでいる一つの美しい惑星です。この地球が、気が遠くなる程の長い時間をかけて今に至っていると考える時、この星に「生」を繋いできた全てが貴い存在であると感じるのです。地球も私達を包み生き続けています。この恩恵の素晴らしさを肌身で感じさせてくれた映像を見て、人類の端くれの一人として、私は人としての誇りを持ち、しかし、決して奢らず、謙虚な気持ちを大事にして生きたいと思うのです。

歌仙

歌仙「帽ぬげば」の巻

帰郷

帽ぬげば午前の青嶺目に痛し　一彦
踏切を越え拭く汗の顔　亮
三段跳少年宙に消え失せて　雪翁
砂場に残る犬猫の糞　晴生
葉隠れの仙女の羽衣に月明かり　春乃
長き夜に聞くロマン伝説　晴
一房の葡萄の骨の残りけり　亮
卒塔婆小町のうしろ吹く風　一
見送りつ袖の涙をいかんせん　晴
演歌を歌い雨の中ゆく　雪

亡き友よ軍靴の音も遠い昔　一
　耳を澄ませばわだつみの声　春
幽谷に山姥眠り月冴ゆる　雪
　くろぐろ残る大焚火跡　亮
決起せし頭領只今疱瘆中　晴
　野辺に佇む身代わり地蔵　春
墓あれば花咲あふれ会津領　亮
　西行の忌も過ぎて春寒　一

発雷の比叡の山を越えにけり　晴
　袋を枕に眠る風神　雪
ルノアールの水浴の裸婦を夢に見て　一
　夜の通い路黒猫ヤマト　春
十薬の匂ふあたりに車停め　雪
　蛍を追へりふるさとに来て　亮
次の間に添い寝の人の声をきく　春
　悋気の嫁の仕草をかしき　晴
独り言増えけり朝の鏡台に　亮

終の栖か老人ホーム　一
これがまあ月宮殿とかまた楽し　晴
　眉さはやかに宇宙飛行士　雪
改革の論議むなしく流れ星　一
　願ふ未来の山河は如何に　春
されかうべ地球の川で小鮒釣る　雪
　夢から醒めて参議院選挙　亮
ひょうひょうと遊子帰去来花の下　春
　東西南北爛漫の春　一

起首　平成十三年　六月二十八日
満尾　平成十三年　八月　七日

発句は丸山一彦先生の学生時代の作品で、加藤楸邨著『新稿俳句表現の道』に収録され注目を浴びた句との事です。

この連句は『連句悠々・しもつけ連句会十歌仙』（平成十五年十月十日　ひびろ工房発行）に載ったものです。

歌仙「古庭に」の巻

古庭に鶯啼きぬ日もすがら　蕪村
　ふらここを漕ぐ夜は沈々　雪翁
狸沙弥蓮華草の香に誘はれて　晴生
　エーゲ海行くイルカ少年　一彦
月仰ぐ冒険小説読み終り　亮
　萩をかき分け走る猪　春乃

威銃テロにはあらず観世音　雪
　のどかな村に恋の助っ人　晴
長い髪の少女と茶髪いづれよき　一
　忠犬ハチ公の像見あたらず　亮
鳩の舞う長崎の空澄みわたり　春
　さながら玩具トマホーク撃つ　雪

下の下の国きょとんとして夏の月　晴
　涼風誘ふヘンデルの曲　一
仕上がりぬ日曜大工の回重ね　亮
　のっそり歩く古き寺々　春
風なきに薄墨の花宙に舞ひ　雪
　とどろとひびく春の谷音　晴

マナスルの雪稜を越え鶴帰る　一
　落ちつかずなる善男善女　亮
聖マリア受胎告知に天使来て　春
　鬣りかけたる果実絵に描く　雪
マッチ売る少女の両手凍る傷　晴
　白夜の小屋に暖炉赤々　一
髭落す遠洋漁業より帰り　亮
　うづ高く積む愛の品々　春
身を灼きし恋のありけり万華鏡　雪
　秋刀魚の煙路地裏に充ち　晴
月は照る飢餓難民のキャンプにも　一

秋暑し南北取り違へ　亮
暗闇の夜路呑み込む山の中　春一
　その名もゆかし筑波への道　一晴
ガチガチの蝦蟇の軟膏効き目なし　一
　五体投地の巡礼の旅　春
指をさす先は故郷花の山　亮
　田楽かをる膳に座りぬ

起首　平成十三年　九月二十四日
満尾　平成十三年十一月　十五日

蕪村が初めて俳号に蕪村を名乗ったのは宇都宮で巻かれた歌仙の席です。『寛保四年宇都宮歳旦帳』、新年を祝う席での挙句において、以前の「宰鳥」から「蕪村」の俳号に改名したのです。その事実を顕彰する意味も含めて、「脇起こし」の連句として巻いた作品です。

この歌仙も『連句悠々・しもつけ連句会十歌仙』から紹介をさせて頂きました。

歌仙「夕あざみ」の巻

夕あざみ鉱山跡を背負いをり　春乃
　遠き記憶のひびく春雷　一彦
ふるさとの川初蝶の渡りきて　亮
　路傍の子等も皆ゐなくなる　晴生
友の来て肴なくとも月に酔ふ　雪翁
　団栗拾ふ甲高き声　春

人生の悲喜劇載せて秋は行く　一
　芭蕉・寿貞の謎は深まり　亮
闇汁に噂の二人声弾み　晴
　壁掛の図像曼荼羅に似て　雪
幽谷に落つる真昼の水の音　春
　一木も無きアフガンの山　一

あおによし奈良に帰りて夏の月　亮
　古池に来て日盛りの吟　晴
七人の侍つひにドンを撃つ　雪
　日本近海また座礁船　春
預金者は泣き総会屋花盛り　一
　鳥雲に入る噴火口の上　亮

春眠をむさぼりてまたむさぼりぬ　晴
　犬こそ迷惑バウリンガル　雪
行き行きて道閉ざされし桃源郷　春
　壺中に入れば別天地あり　一
葬列は去り雪達磨おちこちに　亮
　うすぼんやりに枯枝が揺れ　晴
幼な児の絵を思はせて東巴文字　雪
　腰蓑まとひし原初ヴィーナス　春
マリアさまもシングルママよと言ふ女　一
　不登校児の今年また増え　亮
曠野をば月煌々と渡り行き　晴

『蒙求（もうぎゅう）』を読み邯鄲（かんたん）を聴く　雪

秋風に右顧左眄（うこさべん）して風見鶏　一
　森鉄三の毒舌に酔ふ　亮
名物の小粒の団子頬張りて　晴
　岸辺の石のはつかにぬくし　雪
切り通し登り来れば花の雨　春
　シャトルは堕ちて蝶は地に舞う　一

起首　平成十四年　十二月　八日
満尾　平成十五年　二月　五日

連句会の連衆として歌仙に席を連ね、初めて発句を担当し詠ませて頂いた時の作品です。父母と一緒に東北を旅行し、父の故郷にある伊豆沼から然程遠くない、栗駒山麓にある鉱山跡に立ち寄った折の情景を重ねた句です。既にあの世に旅立った父と旅した思い出も懐かしく想起させる発句です。『連句悠々・しもつけ連句会十歌仙』の第九回目として掲載された作品「鬼あざみ」の巻を「夕あざみ」として訂正を加えました。

歌仙「クリムトの」の巻

クリムトの黄金世界銀杏散る　彰子
　菊なます喰い吟醸一献　雪翁
望月を仰ぎ受賞に言祝ぎて　春乃
　掛け声発止江戸っ子の粋　晴生
明けの空おぼろ朧に蝶の夢　康湖
　雛を飾りて孫と語らい　芙佐

淡雪に志野の濃茶を龍村で　喜久
　母の手を取りにじり口まで　杏奈
渡されし文に付いたる紅の跡　雪
　恋風孕み帆舟傾く　春
ロマンスの石川遼のことしきり　晴
　湖面に揺れる二人のシルエット　康

燦燦と小田代が原夏薊　芙
　しろがねの月涼やかに出て　喜
山寺に碁敵の来て魚板打つ　杏
　木材運ぶクレーンは空へ　雪
この花の咲く夜ドナウの鎖橋　春
　外の囀り目覚まし時計　芙

春の宵鐘の音渡る巴波川　康
　吾一少年淡き初恋　芙
釈迦よりも鬼に遭いたき老いが恋　雪
　秋波を送る草食男子　杏
汗まみれ助産婦ボクサー誕生す　芙
　命コクリコ燃えてコクリコ　春
茜空輝きの雲流れ行く　康
　北国の地に夭星の堕つ　雪
東京に塔のふえたる夕まぐれ　杏
　鳩バス降りて屋形船乗る　晴
何やらの紅白幕の上に月　芙

ことさら愛し河原撫子　康

瓦礫背に負けじと誓う秋の虹　春
サッカー嬢の青き振袖　杏
年を経し平家納経見事なり　雪
タッチ・パソコン画像鮮明　晴
花吹雪「祇園祭礼信仰記」　芙
全山覆い芽吹きの兆し　康

起首　平成二十三年　九月二十七日
満尾　平成二十四年　一月二十五日

この作品は、「しもつけ連句会」の連衆の一人であり俳人でもある杏奈さん（本名は彰子）が『平畑静塔賞』を受けた俳句を発句として巻いた歌仙です。

黄金色を愛用したクリムトの絵画世界を表現した名句に対してお祝いの気持ちに加え、女子サッカーチームが大震災被災者へのエールを込めて、ワールドカップで神憑り的に優勝する快挙も織り込んだ歌仙です。

歌仙「鶏は羽に」の巻

鶏は羽に初音をうつの宮柱　宰鳥
　孫皆集う新春の朝　春乃
蜃気楼魚も浮き立つ湾見れば　秋鼓
　ほわり窓辺に山茱萸の枝　康湖
波の音砂丘に消えし朧月　青華
　惜しむ別れに偲ぶ水割り　酔虎

大声で謡いて行くはそも誰ぞ　雪翁
　ささやき交わす影寄り添いて　紋音
君の名は別れ去るとも消し難く　春
　夏の夜空の満天仰ぐ　秋
女王花の残り香ありて果て落ちる　康
　麒麟よ駈けよ日出づる国を　青

月明かり何処へ行くか二人連れ　酔
　友になろうぜおい放屁虫　雪
急坂を登れば師の家蔦紅葉　紋
　サハラの風砂星を呑み込む　春
旅人は花の都に思いを馳せて　秋
　春立つ朝にメダカ泳ぎぬ　康

山笑う含満ヶ淵に座す地蔵　青
　皆で行くか岩盤の湯へ　酔
猫カフェ男一匹月日食べ　雪
　団十郎の睨み帰らず　紋
蕎麦袋不動の滝に寒晒す　春
　凍てつく夜半に雪折れの音　秋
誕生を待つ母の手の柔らかき　康
　山のあなたの譲葉繁る　青
迎え行く今宵成田へ紅を差す　酔
　生きてる証拠帯状疱疹　雪
十六夜の月に山城起ちあがり　紋

コーラス響く銀杏散る路　　春

雁渡り稲穂が揺れる夕空に　　秋
　甘露待つ人酒母もつぶやく　　青
手拭に腰を下ろして街眺む　　酔
　眺望千里金銀砂子　　雪
高遠に絵島凛とし花の下　　紋
　鶯来啼く古庭ゆかし　　春

起首　平成二十五年　一月　四日
満尾　平成二十五年　四月　十八日

「しもつけ連句会」が「摘み草連句の会」として移行してから第二回目の歌仙として巻いた作品です。

『宇都宮歳旦帳』の「宰鳥」（若き蕪村の前号）の句で始まる連句です。

半歌仙「初氷」の巻

初氷移る季節の速きけり　　酔虎
　雲の通い路舞渡る鶴　　青華
夕間暮れ千年の古都静まりて　　紋音
　零余子(むかご)ころんと逃げてく明日　　康湖
遠き日の卓袱台(ちゃぶだい)囲みて衣かつぎ　　秋鼓
　立待月に誰が笛吹く　　春乃

修験者の満行近し峰紅葉　　青
　核弄ぶ小人哀れ　　酔
コロボックル笑顔溢れるDANCING　　康
　ステップ揺れる影寄り添いて　　紋
恋も咲く移民あふれる安酒場　　春
　暖簾(のれん)に腕押し核保有国　　秋

そうだねー思いを石に初メダル　酔
　夏の月夜もモグモグタイム　青
入道雲一本道を立ち塞ぐ　紋
　魁夷（かいい）も君も我も居て在り　康
霞立ち野山の花のほころべば　秋
　大地潤し春の水行く　春

起首　平成二十九年十一月　十三日
満尾　平成三十一年　三月　三十日

この連句は「摘み草連句の会」で最も新しい作品です。最初は歌仙形式で始まりましたが途中の連衆の事情により休止していたものを、改めて十八句の半歌仙として完成させました。

《しもつけ連句会》
捌き手・連衆　丸山一彦
捌き手・連衆　中田　亮
捌き手・連衆　江連晴生

連衆　成島雪翁
連衆　宮星春乃
連衆　江連芙佐
連衆　柚洞康湖
連衆　成島杏奈

《摘み草連句の会》
捌き手・連衆　成島雪翁
連衆　宮星春乃
連衆　柚洞康湖
連衆　藤井青華
連衆　笠松酔虎
連衆　三木紋音
連衆　北島秋鼓

連句から学んだ「和する心」について

はじめに

連句をはじめてから光陰矢の如し、だいぶ時が流れました。連句についての知識も経験もまだまだ未熟で勉強不足の私ですが、この間に学んだものは実に大きいと感じています。

遥か昔に聖徳太子が「和を以て貴しとなす」……と宣言し、また和歌に返歌で呼応する心のあり方や、四季に恵まれた豊かな自然の中で調和を尊び暮らしてきた日本人やその風土などを考える時、私達のDNAの中に、「和する心」はしっかりと染み付いている気が致します。それでも私は連句を通じて学んできた点が沢山あります。ここにそれらを書き記し、「和する心」のあり方についての一つの考察とさせて頂きます。

「和する心」の必要性

科学技術が著しく進歩発展している今の時代は、ともすれば自然や社会から、そして人の間にも「調和」や「和して繋がる精神」がズタズタに切断され、大きな歪みに悲鳴を上げているような事柄を見受けます。環境問題など将来に対する不安も広がっています。解決が難しい大きな課題ばかりでなく、私達の身近な日常の人間関係の中にも、寛容な気持ちが後退し、相手が異質である事や自分の思い通りにならないという基準だけで排除や攻撃する「いじめ」も無くなっていません。

お互いが他者を思い、個々を尊重しながら快適に共生し、より良い関係を築き上げる行動が「和する事」と思っています。その行為を突き動かす原動力になるのが「和する心」、「和する精神」だと考えています。多様化が進み複雑な社会だからこそ、避ける事の出来ない他者との交わりにおける「和する心」、その精神が必要になると思うのです。

初めての連句の席で感じた事

初めて連句会を体験した時の私は、想像していたものとは程遠い意外性に驚きました。「歌仙を巻く」と聞いて、平安歌人のイメージや貴族趣味をその言葉から感じていた私は、経験の無さや自信の無さも重なって、場違いな己を感じながら恐る恐る参加したのです。

「これは連想ゲームと同じ遊びで、誰にでも出来る……」という「誰にでも出来る」との言葉に励まされながら実際に歌仙の進行を直接味わうと、自分の連想を飛び越える付句が次々に繋がり、まるで狐に化かされている感覚さえ覚えました。異次元の世界から発せられる様なシュールな言葉の組み合わせに、全く繋がりが見えず戸惑いました。古典的な

「雅な世界」とは真逆な、まるで意味不明の前衛詩が紡ぎ出されているという感覚を持ったのです。

連句と前衛詩との交差

連句が前衛詩と共通すると感じた事は決して錯覚ではありませんでした。かつて現代詩を領導しノーベル文学賞の候補にもあげられた西脇順三郎の詩に「旅人かへらず」という長大な作品があります。その詩を読めば読むほど、今度は逆に連句に共通する匂いを感じます。

この詩の解説者・村野四郎は「一箇処に停止する事を拒否した旅人的詩人の世界は、しばしば何処が一番詩的であるかを指摘することが不可能のような、一切が詩的である次元を表す」と書いていました。そして連句も「一歩も後に帰る心なし」という芭蕉の言葉どおり、ひたすら前へ前へと進み展開して行く事が鉄則なのです。常に新しい場面を切り開く姿勢が最も大切なのです。戻る事のない姿勢で切り開くという精神は将にフロンティア精神です。創造性や前衛性が自ずと求められます。連句を繋ぐ姿勢には前に向かう積極的な心意気が不可欠です。

「不易流行」と「風雅の誠」

また連句の用語に「不易流行」という言葉があります。広辞苑で調べると「不易は詩的生命の基本的永遠性の体、流行は詩における流転の相でその時々の新風の体。この二体は共に風雅の誠から出るものであるから、根本においては一に帰すべきものである」と書いてありました。とても難解な内容ですが、自分なりに次の様に解釈しています。「風雅の誠から出るものは、その時々の様々の流行スタイルであっても、普遍的な詩的生命の骨格を持ち、だから不易と流行は両方が一体のもの」と解釈しています。

「不易流行」は芭蕉が提唱した俳諧用語です。しかし詩の世界一般にも通用する「芸術の核心」を捉えた奥深い内容である気がします。

実際「旅人かへらず」の詩の解説も読むと、西脇順三郎が最後に辿り着いた境地は、「芭蕉や西行など、わが国の芸術家が過去に到達した風雅の道に通じるものであった」と書いてあります。近代西洋詩の教養を満身に纏い、常々モダニズムの詩作で先頭を切り開き、また指導的な理論家としても活躍した西脇順三郎が、最後の拠り所としたもの。それが俳諧連歌にも流れる日本の伝統的な「風雅の境地」だったのです。

この事を知って、時代や場所を超えても脈打つという「風雅の誠」とは何なのだろう？……と益々興味が湧いてきます。また「風雅の境地」とは如何なるものなのか？　と自問も致します。それは分からないままなのですが、しかし感じるものがあります。不条理と矛盾に満ちた現代の不確定な変化の中でも、それ故に却って輝く様なもの。偽りのない裸の人間性と深く繋がっている気がするのです。

連句と思念の解放

連句は近代シュールリアリズムの詩が試みたような「言葉の既成概念」や「日常化したイメージ」を暴力的な恣意で打ち破る手法を取ることはなく思念を解放します。前句という現実にしっかり立脚し、想像や構想の翼を自由に羽ばたかせる事によって「言葉の自在な組み合わせ」を結果的に実現いたします。超現実主義者のように目の前の現実に背も向け、知性を放棄し、偶発的な夢想に頼る事も致しません。連句の付句は目の前の現実（前句）を一〇〇％受け止め、その句に対して前向きな意思を持って知性を働かせるのです。想像力を駆使して言葉を選び新しい場面を付句として繋げるのです。

巻頭の句、すなわち発句（ほっく）だけは独立していますが、他の全ての句は「前句」を受け止める事が一切のはじまりなのです。その個々の付句の繋がりで「一巻の歌仙」が創作されて行くのです。句から句への間には「連想力」や「想像力」「構想力」という目に見えない能力を媒介として、言葉の結合と断絶、断絶と結合が繰り返されて行きます。その結果、実に豊かな言葉の組み合わせが生まれるのです。そして自分の感覚や考えを遥か越えた場面との出会いを目の前に、これを受け入れる事を通じて、他者から謙虚に学ぶ姿勢が生まれます。そして、常々考えて来た心中の思い・己の思念を解き放ってゆくのです。句が繋がる度に常識や固定観念を越えた言葉の塊（かたまり）が現れます。それを取り込み、その斬新な響きと情景の変化に興じ、味わうのです。連句は停滞を嫌い、変化を重んじます。常に新しい場面の展開が求められるのです。

連句の魅力は、その場その場で味わう付句の面白さ、その都度その都度に重なりながら流転する情景を味わう楽しさだと私は感じます。それに加えて、共同作業で巻かれる歌仙の現場を、臨場感を持ってつぶさに見る事が出来る共同参加型の楽しみがあります。その場でしか味わえないリアルで即興的な交流の現場を満喫する楽しさは連句の醍醐味だと思います。皆が一堂に集まる「座」の中で、歌仙を作り上げる過程の一部始終が、その場で公開されながら進んで行くのです。

相互に交流し合う生き生きとした創作現場の過程を経て、最後に完結した「精神の飛翔」の痕跡とも言える「一巻の歌仙」からは、前衛詩に通じる不思議な響きと香りが結果的に醸し出されます。

「付かず離れず」の距離感

私が体験した連句会は、江戸時代に盛んに行われていた俳諧連歌の中で、五七五の長句と七七の短句を三十六句繋げて行く俳諧歌仙です。最初の五七五の発句だけは独立していますが、後の句はすべて「前句」が有り、それに影響を受けて句を作るのです。最後の三十六番目の句が「挙句」と言って、七七の短句で満尾（完成する事）を迎えます。挙句は、目出度い句、和むような明るい「春の句」で終わる事が決まりになっています。つまり「終わり良ければ総て良し」の精神です。

そしてまた、前句に繋げる句は、「付かず離れず」の程よい距離感が大切だとされています。前句に寄り過ぎて、誰でも皆が連想出来るような句は「ベタ付」と言われ良くありません。だからと言って、誰一人として理解が繋がらない独り善がりの連想の句は「離れ過ぎの句」としてこれも好まれません。前句の相手に「のめり込み」が過ぎている姿勢も、相手に「離れ過ぎる」姿勢も宜しくないのです。付句には「程好い距離感」が一番良いとされています。

この距離感の取り方は人間関係の作り方とも共通面があると思います。『荘子』の中に「君子の交わりは淡きこと水の如く、小人の交わりは甘きこと醴（れい＝甘酒）の如し」と書いてあるそうですが、水は飲んでも飽きません。サラリとした水のように長続きする人間関係を作る上で大切だと思う事があります。それは、相手を自分と違う独立した人格と精神の持ち主と先ず認識し、相手を尊重しながら絆を大切にする交わりです。その距離感が大切なのです。たとえ、親と子、夫婦、恋人や、友人であっても感情任せに相手にベタベタし、距離を置かず相手にのめり込み過ぎると、いつかは対立と喧嘩を招き、結局は良い関係にならない事と似ています。自他ともに大切な独自の世界を持っていると先ず認めて、尊重して接する、その姿勢が、理性的な距離感として「付かず離れず」と表現されるのだと思うのです。

和する「座」の文芸

俳諧連句の楽しさは「和」する楽しさです。「発句」を始点として「前句」に心を通わせ、「付句」で心を繋ぐ「座」の遊びです。一人一人に座席が確保され、この一座の「捌き手」（進行役・監督役）を中心に共同作業で歌仙は巻かれるのです。座の参加者は「連衆」と呼ばれます。連衆は内輪の仲間意識を持って座を支えます。付句には相手への気遣いや全体のバランス感覚が求められ自ずと配慮されます。また、初めて連句を体験する者も連衆の一員として尊重され、温かく迎え入れる度量があります。

江戸時代の俳諧連句の記録には、六歳という幼い子供までが連句の輪に参加しています。その他にも、誰々の妻とか母とかの記述もあります。この様に当時では社会的地位が低かった女性達も一座に加わり連句を楽しんでいます。俳諧連句の「懐の広さ」は、俳諧師と共に上は名門大名から、下は身分の低い商人や遊女に至るまで「座」を同じくし、句会の楽しみを分け合っている事実の中にも端的に現れています。身分や社会的地位、能力などの如何を問う事なく、一堂に会し共同作業で成り立つ性格の、民主的一形態と言いうる様な文芸サロンが存在していた事は、封建的身分制度の確立していた当時にあって、どんなにか斬新で進歩的な事であったでしょう。

相手を受け入れる点では非常に開放的な面を持っている連句ですが、「座」を皆が結束して支える仲間意識や、また連句の性格上、その座の場に参加してこそ、味わい得る面白さや理解できる事が多々あります。つまり作句の動機や意味、解釈、評価などに関して、その場に居た連衆しか通じない面が出てきます。

そうした内容から眺めると、連句は一種の閉鎖性や秘密性が付きものです。作句の動機や解釈など謎めいた秘密性の部分が有るから、その「種明かし」をめぐり愉快な会話が交わされます。連句の進行につれて連衆の連帯感や知的好奇心が更に高められて行くのです。その場で学びながら、「知の世界」に相和し、人と融和して遊ぶ「座」の文芸が連句なのです。

個性の尊重と親睦精神

俳諧連句の魅力ゆえに、江戸時代の中期から人々が俳諧に熱中する流行がありました。俳付句の能力を俳諧師匠が得点を付けて「賭け事」として競わせる事も横行致しました。俳諧の流派をめぐって、師匠どうしがお互いに「正統派」を主張し、相手方を激しく罵り、排除し合う論争や対立もありました。こうした熱狂の弊害を憂慮して始まったのが「芭蕉の精神に帰れ」という「五色墨運動」です。この運動は「蕉風俳諧の復興」としてやがて結実してゆきます。その立役者達の一人に蕪村もいました。

若かりし頃の蕪村は、ある人から「俳諧は滑稽なり、人と相和して談笑するのをもって最となす」の言われたと書いています。相和し親睦を深めながら、愉快に楽しむ事が一番だという事を聞いて、蕪村は一見解を開いたそうです。

また、連句の精神には、個性を尊重する思想が流れています。異質のものを排除する考えとはまったく対照的に、相手の良い部分や共感できる部分を認めます。多様なもの、異質なものを積極的に取り込み、「懐の広い」共生の考え方のもとに連句は巻かれるのです。

豊かな世界の鑑賞と表現

連句は共同作業です。各々の「心の風景」は時間の流れにそって次々と重ねられ和して行きます。この共同作業で広がる心象世界は実に豊かです。

自然界が森羅万象の豊かな実相を現すのと同時に、私達の内なる脳裏の中にも豊かな底知れぬ世界、もう一つの宇宙があります。この外なる宇宙も内なる宇宙も合わせ、豊かさをストレートに実感し享受できるのが連句です。

連衆達の付句は、常に「自分のイメージ世界」とは異質な世界を提示します。これを受け止める時、予期せぬ出会いに戸惑いを感じながらも、未知であった世界に触れて知る喜びを享受します。この異質なものを受け入れる開放性と寛容性は自分の矮小な世界を広げてどんどん解き放ってゆきます。

今度は逆に自分が前句に向き合い、付句を考える時、この場面に立っているのは自分だけの孤独な世界です。目前の現実を受け止める感性と、この感性を表現する感性は全く別の次元に位置いたします。前者はひたすら「受け身の姿勢」で相手の句を鑑賞する感性です。後者は鑑賞した感性を心で繋ぎ留めながらも、ひたすら自分独自の世界を作り上げ、それを表現し提示してゆく「積極的な姿勢」です。

鑑賞の感性をベースにした表現する感性は、自分の中で現実を引き継ぐと同時に、現実を引き離し場面を変化させて行く能動的な感性です。受け止めの感性から表現の感性へと押し上げる時には、自分の心魂と十分に納得するまで対話しなければなりません。ある時は納得できる句が繋がらず悪戦苦闘したかと思えば、それとは反対に実に簡単に得心の付句が浮かぶ時もあります。そして付句が確定した時には「一歩切り開いた」という達成感や満足感を味わう事ができます。これを連衆と共に分かち合いながら進むのです。

連句の世界は、「鑑賞の感性」と「表現の感性」が各々の脳裏で同時進行する珍しい独特な文芸です。日本が誇れる独自文化の一つだと思うのです。

連句と「一期一会」

連衆の前で付句をし「確定した句」の余韻も束の間の命です。余韻を残しながら次の付句の世界に重ねられて、その余韻は変調を余儀なくされます。一期一会のその場だけの風景を結びながら、次の世界に引き継がれることによって、余韻は即時的に変化し新たな生命を吹き込まれます。

この変調に耳を澄まし、目を広げ、心をしなやかに巡らして行く時に、ある種の緊張感と解放感が交互に交じり合います。まるで心がマッサージを受けている様な感覚です。個々の句は、その残像を繋ぎ留めながら「次の句」の中に溶解して行きます。こうして一連の句が組み合わされる風景を味わうにつけ、その度に新鮮な感動と喜びを感じる事ができます。心象風景の一期一会。それが次々と連鎖し流転していきます。その都度、心の襞は柔らかく波打ちます。

懐の深さと広さ

連句は伝統的な和歌や連歌では「美」を損ねると嫌われる「俗語」の使用も全くお構いなしです。それどころか蕪村は「離俗論」として「俳諧は俗語を用いて俗を離るるを尚ぶ、俗を離れて俗を用ゆ。離俗の法最もかたし」と語っているのです。つまり俳諧は「俗を用いて俗を離れる」ことを尊ぶ考えが流れています。これはとても難しい事だと私は思います。そして「俳諧は離俗精神や脱俗精神を養うのに最も確実な方法なのだ」と蕪村は言っているのです。まるで禅問答の様な深い世界を感じます。

連句の面白さは言葉の裏に隠されている心意を探ることです。美辞麗句に目を奪われる事なく、言葉自体の外見が卑俗ものや下品であっても、その中に宿る心根の品位を楽しむのです。邪心のない清潔さや優しさ、気遣いの美しさ、奥ゆかしさ等等を重んじる高尚な考えが流れているのです。中身に価値を置く「たとえ襤褸を着ていても、心は錦」の心意気に通じるような「離俗精神」です。

芭蕉の「求道的な悟りの境地」や蕪村の「高邁な精神」は特別なものとしても、「心の有り方」が問われるのが連句なのです。また句の鑑賞における「その心は……」という謎解きも連句を愉快にしている大きな要素です。心意を巡り話に花が咲くのです。

連句では、漢詩は勿論、流行言葉や時事的もの、外来の言葉やカタカナ言葉、卑猥で下品とされる言葉さえ使用が歓迎されるのです。「俗的な要素」も和歌の伝統を受け継いだ「雅な要素」も交じり合い、実に多様な面白い言葉の組み合わせが味わえるのです。

連句と伝統の美意識

連句には『万葉集』、『古今和歌集』、『新古今和歌集』などに連綿と引き継がれてきた日本人の伝統的な美意識が取り入れられています。

四季の移ろいにも繊細で敏感な感覚を持つ事が尊重され、それは式目という決まりによって、春の句、夏の句、秋の句、冬の句として挿入されます。季節の句が何句か続き、その変わり目には、「雑の句」といわれる季語が無い句が配置されます。ゆるやかな時節の移ろいにも美意識を感じ取る繊細な日本人の感性が生かされているのです。急激な変化よりも徐々に移ろい行くもの、その儚さにも美意識を感じ、穏やかなソフトランディングを好む傾向も反映している気がいたします。

そして伝統的に美しいものとされてきた美意識は、天上の美には「月の句」、地上の美には「花の句」、また人間の美は「恋の句」として予め決められ配置されています。

こうして伝統的な美意識を継承し連句の全体に華やかさを保つ工夫が凝らされています。

連句で奏でる和音は千差万別です。「付句」によって醸し出される和音はその限りない可能性を秘めて響きます。その「和」する音に興じ、素直に楽しむ事は「心の振幅」も広げます。その豊かな調べの流動に身を任せる時、自我に固守する小さい世界は洗い流され、個別を超えた全体の大きな流れに融解し合流する快感を知る事が出来ます。和歌の伝統に則りながら、それを越えて遥かに広い豊かな世界が提示されて行くのです。

連句の決め事、「式目」について

それでは付句を作るのに何でも自由かと言うと、まったく逆に「式目」というルールの上に連句は成り立っています。連句に初挑戦だった頃の私は、このルールの多さを知って驚きの連続でした。私一人では多分お手上げになる程の複雑で細かいルールに唖然とするばかりでした。

句に余韻をつくる「切れ字」は発句のみに使う事とか、この場面の句では「春の季語」が必要で、ここは「雑の句」で季語を入れては駄目なのだとか、また、月の句、花の句、恋の句、の挿入場所にも決まりがあるのです。前の述べた「付かず離れず」の距離感が大切な事や、全体の流れを停滞させる句は排除され、言葉の重複は禁止されています。その他、実にややこしい規則が連句には付きまといます。

しかし、実際に歌仙を巻くうちに、初めは自由な句作りにとって足枷となる堅苦しい「枠」と考えていた式目の認識が一八〇度変わりました。連句で最も尊重されるのは滞る事のない流動感と場面の変化です。この流れを大切にするが為の知恵、それが「式目」という約束事になっているのです。

実際、付句を考える創作時には、この式目をガイドにした方が作り易いのです。これは本当に不思議な感覚です。一見矛盾して見えるこの事柄は、「式目」を客観視する時の感覚と、実践の場で前向きに受け止める時の感覚の相違に由来していると考えます。

嘗てある人が、「傍観している者が見ている風景と、前へと進む者が見る風景は、まったく別の世界である。その隔たりは銀河の幅よりも大きく、決して交わる事がない」と言っていた事を思い出しました。私の「式目」に対する受け止めが変化したのは、多分に私自身が連句実践を通して、前向きな姿勢に変わって来たからだと感じています。

自然の移ろいに感覚を研ぎ澄まし、四季の流れの中に身を置いて営々と豊かな自然と調和して暮らしてきた日本人の「美的感覚」や「微妙なバランス感覚」、「調和の姿勢」などが連句のおける「式目」となって生かされていると考えると、式目は「枠」ではなく、創作の為の手本になる「ガイドブック」、「虎の巻」、「道標」となったのです。

そして「式目」を編み出した先人達の知恵は、連句を実践し「風流」に生きた人々の内的欲求から生み出されたもの、その努力の結晶なのだと素直に思うようになりました。

先人達が歩んだ道を尊重しながら、「式目」に則ってさえいれば、どんな言葉や自由な表現を使っても受け入れられるという実体験を経て、私の式目に対する認識は一変したのです。ルールなき自由は、我が儘放題の突出に陥り易く全体の調和を乱す事があります。私達の社会のルールとも似ている事だと思いました。和する姿勢にはルールがあるのです。

連句と自在の心

何物にも縛られない心持ちで、一歩踏み出して前へ向かう時、傍観する立場からは「壁」として映る外的な障害や拘束さえ、それは受け入れて通り抜けて行く対象でしかありません。自分の限界に怯むことなく前に向かう時、自分の自由意思を妨げるものは自分以外の何物でもないからです。

そう考える時、連句における式目は「自在の心」へ向かって飛躍を促す「踏切台」の様に思えるのです。付句を試みる立場にとって、式目は通り抜ける対象でしかありません。それには自分が連想した風景を、知性をフル動員して多面的に見直し、自在に変化させ、式目を守り一歩進む力量が問われるのです。頭を柔らかくし臨機応変に対応できる自分の姿勢と知性が試されるのです。難しい場合でもそれを凌いで新しい局面に一歩前へ出なくてはなりません。式目を凌いでこそ一歩切り開いたという喜びが深まります。連句には「自在」を楽しむ心意気が欠かせません。

式目を破るのもまた連句なり

だからと言って、連句の式目を一から十まで杓子定規に厳格に守る必要があるかと言えば、答えはノーです。連句の懐の深さでも触れましたが、連句は句作りにおいて、形式よりも言葉に込めた心意を重んじると書きました。心意を大切に扱うために、敢えて式目を破る事も許されるのです。ここも連句の素晴らしい一面と言えます。

連句の決まりでは「や」、「たり」、「かな」、「らん」、等々、言葉を切って間を置き余韻を醸し出す「切れ字」は、発句だけに一回だけ使われます。

しかし思い出して下さい。芭蕉の句の「松島や、ああ松島や、松島や」はどうでしょう

動を見事に表現している名句と言われているのです。

その他の例も見てみましょう。芭蕉と親交のあった山口素堂の句に「目に青葉、山ほととぎす、初鰹」という句が知られています。これは初夏の季語を何と三つも重ねた句なのです。初夏の嬉しさの心情を「目に、耳に、口に」で味わい、季語を重ねた滑稽味があります。

それだけでなく、この句には深い意味も隠されています。連歌への知識を持っている方であれば、この句から西行の和歌を想起できると思います。「ほととぎす聞く折にこそ夏山の　青葉は花に劣らざりけり」です。この西行の和歌を念頭にして鑑賞すれば、青葉に山ほととぎす、更に初鰹も加えた素堂の句は、初夏を全身で満喫するだけではなく、「花の春」を上まわる「初夏の賛美句」として心に響いて来るのです。こうした愉快な楽しみ方を連衆と一緒になって分かち合うのが俳諧なのです。句意や句の心根の素晴らしさや面白さに一番の価値を置くからこそ、式目を破るもまた連句なりなのです。

私が体験した歌仙では、当然、式目に従って句を手直しされる事がありました。しかし、カチカチの厳格主義とは一線を画してとても融通性が有りました。「捌き手」が、付句の度に規則を教えて下さいますが、それを押し付ける事無く、句の込められた意味や心情を非常に大切に扱ってくれたのです。こうした柔軟な配慮のお陰で、実に大らかな気持ちで歌仙を巻く事ができたのです。

ある友達が面白い事を教えてくれました。「いい加減は良い加減」なのだそうです。本当に大切な肝心要を押さえていれば、あとの枝葉末節の細かい部分は、いい加減で良いし、ストレスが少なく長続きするのだそうです。この大らかさを私は気に入っています。気持ちを明るく軽い気分にしてくれます。価値観は人それぞれですが、これを認めて、その上で寛容な精神・寛大な心は本当に有り難いものです。私が連句を長く続けられたのは、こうした寛容で磊落な連句会だったからです。

「捌き手」は力量が問われる

各連句グループには様々の特徴や色合いがあります。価値の置き方・運営にも違いがあると思いますが、はっきり言える事があります。連句の「捌き手」には実力が必要です。式目を十分に知り、式目を外れる句の中にも句意や心を理解し、柔軟に連句を進行させる監督役が「捌き手」です。その力量は歌仙の進行に当然影響を与えます。連句は誰でもその輪に参加できる知的な遊びですが、捌き手は誰でも出来る訳ではありません。深く広い知見が必要ですし、句の心情を汲み取る資質も問われます。

全体の流れをコントロールし、連句の構成が「序破急」とメリハリが有る様に舵を取る事も必要です。指導的な助言が出来るような実力を持った人物が連句には必要と考えます。その様な指導的人物が俳諧の宗匠、師匠であり、「捌き手」となるのが一般的です。

また一方、「座」は自由闊達な意見交換が出来る場でもあります。連衆同士が相互に導き合う場面も沢山あります。「教えられたり教えたり」のフラットな関係、その意味では「お互い様」の関係なのです。こうした知的な歓談の場を捌きながら指導する良きリーダーの下で、連衆は更に内輪意識を強めて行くのです。

何事にもそうですが、相互の意見を尊重し、また全体の流れも考え、調和させながら事柄を成功に導くのは意外と難しいものです。知識や経験、人柄も含め「良き指導者」、「良き捌き手」が居るか居ないかは、連句にとっても大事な事と思っています。

紙上の旅路を遊ぶ

連句は紙上で旅する楽しさがあります。歌仙用紙の中に日常を離れた世界が広がります。式目という難所を通り抜け見知らぬ旅路に連衆と共に遊ぶのです。旅には日常では考えられない危険も常に潜んでいます。これを怖れる人は旅に出られません。旅の困難を凌いで余りある喜びや新鮮な体験を求め人は旅に出ます。

季節の移ろいと一緒に、時には月を仰ぎ、花を愛で、恋に色を添えて、見知らぬ地へ旅に出る事もなかなか「風流」ではありませんか。困難と思う山や谷も足を休めず前へ進んだ時には、平坦な道では味わえない起伏と変化に富んだ新天地が開かれます。道なき道さえ奥に一歩足を踏み入れれば、そこには心に沁みる風景があります。人知れずに咲いている野の薔薇に出会う事もできます。家に居ながらにして、連句には一枚の紙上で旅を満喫するような面白さがあります。

たとえ足腰が弱り実際の旅には出かけられなくとも、人は心の中で旅立つ事が可能です。新鮮な空気は外気からだけでなく、共感力、記憶力、想像力、構想力、など自分の脳裏に浮かぶ内なるパワーから吸う事が出来ます。一人の心の旅路も素敵ですが、連句の絆で結ばれた仲間と出かける、ミステリアスで行き先不明の旅行も刺激的な楽しさがあります。新鮮な空気と様々な発見が待ち受けているのです。仲間の旅ではエチケットさえ守っていれば、夢想や妄想さえも取り入れて、実際の旅では不可能な神出鬼没の冒険や変身だって可能です。思いのままに自由に遊べば良いのです。

そのためにも精神のパワーを養い、感性や知識も磨き、心をフレッシュに保つ「ゆとり」や「遊び心」が大切だと思うようになりました。時間が無い中でも、気持ちの持ち方で「ゆとり」は作れます。また詩心も養うようになったのです。

連句から学んだ「和」の理解

連句についてまだまだ解らない事が沢山あります。特に昔の旅は命の危険と背中合わせであった事を考えると、それでも敢えて「風流の道」に旅立って行った人々に畏敬の念を禁じ得ません。同時にその強靭な意思の出所は何であったのかとも考えたりします。

それに比べ、私の体験した歌仙はお互いに楽しむ事を中心に、式目もあまり厳格に考えず、親睦と遊び感覚で巻いてきたものです。

それでも、連句実践から学び取った事は実に沢山ありました。連句の奥ゆかしさを垣間見るにはまだまだ経験不足ですが、何ゆえに芭蕉が「俳諧禅」と言い、また蕪村が「俳諧の自在」という哲学的な言葉を使ったかが、おぼろげながら理解できる気が致します。

特に「和する姿勢」について、私は実に安易に考えていたのだと反省もさせられました。自分の世界を持たない状態で相手の心に寄り添うだけでは「和する事」にはならないと教えてくれたのが連句でした。勿論、相手を思いやる姿勢、相手を尊重する事は「和」の前提だと思います。しかし、和気藹々とした状況も、それだけでは本当の「和する」とは言えません。

確立した自分の世界が有るからこそ、自分と他者の違いがハッキリ見えるのです。また両者の共通点や共感できる部分も明確になります。両者を融合させ新しい関係を目指し、工夫を凝らし知恵を絞り、実際に調和を図る、この行為が「和する」事であり、その先には必ず新たな創造の世界が実現されるのです。この創造的な行為が「和する」であり、これを実現させる精神と心の姿勢が「和する心」だと理解するようになったのです。

「思いやり」と「忖度」の違い

相手の心情を思いやり、また心中の思いを量る事はとても大切です。「和する心」の前提にはこの精神活動が欠かせません。これに関連して考えてみたいと思う事があります。それは最近流行語となった「忖度」です。「思いやり」と「忖度」の違いを考える事は、「和する心」を考える前提として避けられない事と思うからです。

「忖度」と言う言葉が最初に使われたのは、中国最古の詩集『詩経』の「巧言」の中でです。長い詩ですがその中で「他人有心　予忖度之」だと書かれています。直接的な読み下しは「他人に心あれば、予は之を忖度する」となります。海音寺潮五郎はこれを訳して「巧言をにくむ」と題名を付け、「ある人に悪い心があれば、推し量って制するのは易いことです」と翻訳しました。また別の訳を見ると「他人に邪の心が有れば、私はこの心を推し量り必ず見抜く」となっています。これは中国古代詩の中の話ですが……。

昨今、「忖度」は、政治家と官吏の癒着を表現する「悪いイメージ」での言葉となり、よく話題にも上ります。しかし、「忖度」の意味自体は「相手の心を推測する事」や「相手の心中を思い量る事」です。つまり相手の心中を探る頭の廻らし方である「忖度」自体には全く善悪の意味はないのです。

問題は忖度する中身の「有心」の「その心」です。相手に悪い心が有るか無いかを見極める事が必要です。また自分自身にも邪な心が有るか無いかを律するのはとても大切で、これが問題になると思うのです。

世の中には、金銭や出世、名誉、保身、独占、顕示など様々な邪な欲望があり、己の利害を動機にして忖度し、相手の意向におもねる人は沢山います。その反面、純粋な善意の気持ちで忖度し、相手を温かく思いやる人もこれまた大勢います。私は忖度する動機や目的、内容によって忖度の「良し悪し」が決まると思うのです。

「思いやり」も「忖度」も両方とも、相手の身になって思う共通点があります。私の感覚的な受け止めでは、「思いやり」には相手の心情を思い、純粋な気持ちで寄り添う優しさを感じます。他方、「忖度」は相手の思いを推察や分析して認識して行く冷静な知性を感じるのです。双方とも「和する心」の前提ですが、「和する」為には、理性や人倫の観点から照らし善悪を見極める自立した精神が前提となります。

自立した理性と倫理観がなければ、「同調」は有っても、「和する事」も「協調」も無いと考えます。それは相手への「追従」、「のめり込み」、または「不和雷同」と言われても仕方がないものです。これを敢えて「波風を立てない穏便性」と言う評価は可能かも知れませんが、自他の交わりもなく、新しいものの創造の力には結びつきません。ただただ「事なかれ主義」で終わります。

勿論、理性を以て「事なかれ」を良しと判断する場合もあります。この事と理性抜きの「事なかれ主義」は大違いです。「和して同ぜず」との言葉どおり、自立的な姿勢で倫理を貫く事が「和する心」の基礎だと私は考えています。

欲や得の打算など邪な心から相手の心意を推し量る姿勢の「忖度」があった場合、果たしてこれを「思いやり」の忖度と言えるのでしょうか……私は大いに疑問を持ちます。

純粋に相手に身を置く「思いやり」の忖度ではなく、自分の欲得が絡んだ「おもねり」の忖度だと思うのです。

「和する心」と倫理・人権思想

「和する」為には善悪の判断を前提にしたお互いの信頼関係が重要です。その基準となるものは、社会と深く関わる倫理観だと思うのです。この社会では、一人一人の価値観や人生観、信じる対象は様々に違います。たとえ違っていても、人として守る共通の普遍的な「善」、その逆に、決して行ってならない「悪」は有ると認識しています。どの時代を通じても、その社会が大切にしてきた倫理が存在するのです。

そう考えると「和する心」の前提に「思いやり」や「忖度」があり、そのまた前提にはお互いの信頼感の元となる倫理が有る事を忘れてはならないと思っています。

「人から言われたから」でも、「皆がそうしているから」でもなく、自分自身の考えを持つ独立した人格を大切にする事が人権思想の根本です。「和する心」は人権意識と深く関係していると私は思っています。

相手を認め、その権利を守り尊重する姿勢、そして自分は果たすべき義務を果たし、同時に自分をも大切にする権利を持っているのです。この考えは人権思想の基本的な考え方であると思います。義務と権利の関係は、お互い様の関係で信頼感のベースです。

人として平等の姿勢で、自他ともに大事に生かして行く、まさに「和する心」は「お互い様」の関係と信頼で結ばれている、その意味では極めて倫理意識溢れる心なのです。

この人権思想の根本は連句の姿勢にも貫かれていると、「相和」の姿勢そのものだと気づきました。前句を受け入れ尊重し、付句ではルールに則り、果たすべき義務を果たして行く……。その上で自分も相手と同じく、自分独自の世界を大切にして描き表現して行く……。お互いが、この行為を入れ替わって繰り返し、一緒に新しい一つの作品を作り上げて行く……。楽しく快適な時間を過ごして行く……。

これは、私達の社会生活が、権利と義務のバランスの上に成り立ち、自他ともに尊重し合い、お互い様の精神で快適な未来を作り上げる姿勢そのものだと思うのです。

この世に長らく生きて来れば、幼な児の様な純真無垢な心を持つのは実に難しいと思います。損得勘定や欲望を全く持たないで生きて行く事もほぼ不可能です。それだからこそ、時には自分の心意の中身を問い、自分を見つめ直す時間を意識的に作り、「ゆとり」を持って振り返る、その大事さを痛感いたします。

連句を通して学んだ、「和する事」の意味を噛みしめ、枝葉末節の部分にあまり拘らず、肝心な「和する」その大道を歩んで行けば、今後の人生も明るく心置きなく過ごして行ける気が致します。心は前向きの気持ちで、自分も生かし他者も生かすという「和する精神」を大切にして心掛ければ、この先に何が有ろうとも、後悔のない自分らしい日々を暮らせると思うのです。そして愉快に楽しく生きて行きたいと思うのです。

最後に

人と人が繋がる力は個人の力を越え、計り知れない力を秘めています。

何時でも何処でも、自分と他者の関係が存在する限り、「和する精神」は無限の可能性を秘めています。そして大切にされる精神だと確信しています。交わる事によって新たな場面を作り、未来を切り開く原動力になります。一人では生きて行けない社会の中で、お互いがお互いを支えて平和に仲良く過ごす「虎の巻」です。人ばかりでなく、自然や物との関係でも「和する心」で調和を図る事が快適な生活への第一歩と考えています。

連句にも生きていると言われる「風雅の真髄」が何なのかは依然として分からないのですが、時代を超えて受け継がれてゆく「何か」なのだと感じ取る事ができます。それは多分、人が本来持っている「共感」の感性と関わる何かだと感じます。

これと同様に、「和する心」、「和する精神」も時代や場所を超えて私達に受け継がれ、大事にされてきたものです。この精神は今後も脈々と受け継がれ大事にされる事でしょう。

「共感できる心」を私達は本来持って生まれ、同時に考える能力を授けられ、知性・知恵を有するものとして成長してきました。他者との対立で争う場合があっても、この共感できる感性をもって共通点を見つけ、理性と知恵を絞り、お互いの関係を調整し工夫して問題解決に導いて来ました。

この人間本来の心と知恵を信じ、人の「和する力」に信頼を寄せ、何事にも、正面から向き合って行けば、必ず一歩先には明るい未来が切り開かれると思っています。

多様化し複雑で矛盾を孕んでいる現代社会だからこそ、対立関係さえも栄養にして取り込み、新たな局面を切り開く「和する行為」が必要であり、その積極的な精神が求められていると思うのです。

「弱肉強食の時代」は余りにも大きな格差と歪みを生みだして、今の社会に「行き詰まり感」が漂っています。弱肉強食の動物的な競争の時代、それとは逆に、協力し分け合う人間的な共生時代、これを繰り返してきた歴史の中で、これから先の事を色々考えると、問題を解決する切り札となるのは「和する心」、「調和の精神」ではないかと確信しています。これが普く認識され、広く浸透し、大きな力となって、自然にも人にも、あらゆる領域で調和が図られる「共存共生の時代」が来ることを願っています。

あと僅かで元号が「令和」に変わります。令月が夜を明るく照らすように、そして平和が続き穏やかな世で暮らせますように、それぞれ皆が楽しく幸せな令和の時代であることを祈念します。お祝いの気持ちを謹んで申し述べて、ここに筆を置く事に致します。

宮星春乃

二〇一九年　桜花の頃

あとがき

ここに書かれている何篇かの詩は、知人や友人、恩ある方に贈った作品を再び見直し作成したものです。お相手の何人かは既にあの世に旅立った方も少なくありません。心中を察し気持ちに寄り添い、希望や慰めに繋がるようにと念じて作ったものです。鎮魂の気持ちを捧げたものもあります。ある場合はお礼の意味合いを込め、また励ましの為や餞別に贈った詩もあります。その意味では、形式は詩ですが、和歌の返歌のように相手の心に和するように作ったものです。

私はこれまで不特定多数の人に向けて詩を書くという事は殆どありませんでした。若かりし高校生の頃にクラブ活動として拙い詩を書いていた記憶がありますが、その後は慌ただしい生活の中で詩作からはほど遠い日々を送って参りました。

ある時、夫の実家に残されていた屏風絵の中に「謝春星」という落款があり、これが与謝蕪村の落款名の一つである事を知って以来、私なりの蕪村についての調査や研究が始まりました。この過程で文人画や俳画という画家としての蕪村だけでなく、俳諧連句や詩人としての蕪村の世界に魅了されてゆくようになったのです。特に蕪村の名作と言われている詩「北寿老仙を悼む」や『夜半楽』に収められている「春風馬堤曲」、「澱河歌」などを何遍も読み返し、思いを巡らす時に強く感じ訴えて来る何かがあります。詩から発せられる臨場感は何処から醸し出され、切々と心に迫るこの感情は何なのだろうと考えるのです。日本の古典や漢詩・漢学をはじめとした様々な深く広い教養と遊び心に裏打ちされた蕪村の高邁な俳諧精神もさることながら、詩に宿っている胸の奥底を揺さぶる力の在り様を強く意識するようになったのはこの頃からです。

蕪村の作品は、実に多くの詩人や文学者にも影響を与えました。萩原朔太郎が「近代自由詩と見間違えるばかりの魅力」と絶賛しただけある蕪村の作品から「時代を超えた普遍性」を感じ、その虜になる方は今も多いはずです。明治期の正岡子規は俳諧の世界からはすっかり名前が忘れられていた蕪村の素晴らしさに感服し、多くの弟子達と共に蕪村の作品の発掘と再評価を行いました。こうした顕彰活動に身を投じた理由も納得できます。「芭蕉なくして蕪村なし」、また「蕪村なくして芭蕉なし」とよく言われています。芭蕉が亡くなってから五十年ほど後に活躍した蕪村は、芭蕉を終始敬愛し「一生の孫弟子」として俳諧の蕉風復興を完成させた代表的な一人です。そしてまた、「正岡子規なくして与謝蕪村なし」とも言えるのです。蕪村の作風の絵画的要素や写実をもって余情を語る作風には自ずと奥ゆかしさが漂います。豊かな詩心を覗かせながら、あくまでも愛弟子達や友人と遊びに徹して知の世界で風流に生きる姿勢にも好感が持てます。時には茶目っ気たっぷりに弟子とふざけ合う、その姿にも清々しい明るさが溢れ可愛らしささえ感じます。その反面、深い哲学や宗教観、倫理観に照らし、ビッシィっと決める時には決める一本筋の通った心の鋼も垣間見せます。外柔内剛に加え、画業にも俳諧にも大器晩成の才能を開花させる努力家としての一面や、精神力の強さも蕪村を語る上での魅力だと思うのです。

正岡子規は、江戸時代に盛んに行われていた俳諧連歌から最初の発句だけを切り離し、芸術性あるものとして独立させ「俳句」という世界を作り上げました。その芸術の追求に生涯をかけて挑み続けてきた子規も蕪村を高く評価した詩人の一人だと私は考えています。何故ならば俳句は五七五という十七字で成り立つ、最小の詩とも言えるからです。

一つの詩から湧き上がる目には見えない「言霊」のパワー、感動を与える詩の所在を自問自答するようになった私ですが、その答えは未だ見つかっていません。これは回答を求めるものではなく、素直に感じ取ればそれで良いものなのかも知れません。私なりに一つ思う事があります。技術的なテクニックなどではなく、詩の核心に脈打つ鼓動。これが伝わり、相手の心に和して共鳴を引き起こすのではないかと思うのです。表現に込められている気持ちや思いが念力の様に大波小波になり、相手の胸にも自ずと伝達し共振し響き合うのだと思うのです。

絵画の調査から始まった蕪村の研究過程で、蕪村という俳号が生まれたのは栃木県の宇都宮である事も再認識致しました。そして蕪村研究会や顕彰会の方々とも私は交流するようにもなりました。そうしているうちに連句で歌仙を巻く連衆の一員としてもお誘いを受けるようになったのです。

全く素人だった私を先生方は温かく導いて下さいました。実際に歌仙を巻く実践の中で、一つ一つ連句の約束事などを丁寧に教えて頂いたのです。五七五の長句と七七の短句を繰り返し、三十六句を繋げて出来上がる歌仙の魅力を知るのもこの時期からです。「和する心」というものを、私は連句を通じて色々と考えるようにもなりました。連句には「式目」という連句の決まり事（規則）が沢山あります。そのなかでも最も大切にされる事は、水の流れのように決して「後戻りしない前向きの精神」です。自分が繋げる前句は自分の目の前の現実です。この現実を一〇〇％受け入れ一〇〇％形として痕跡を残しながら「付句」を繋げ相手に和する事によって、紙の上での世界ではありますが、まったく新たな世界を創造し切り開くことが求められます。知性を巡らし臨機応変に式目を潜り抜け「付句」で一歩前に進む為には、己の心に映った連想と対話しながら言葉を選び抜くことも必要です。そして和する新しい場面を作り上げるのです。そしてこの創作活動は連衆という連句仲間との共同作業によって成り立ちます。連衆がそれぞれ独自の句を繋ぎながら、最後には「挙句」と言って明るく和やかな、またはお目出度い「春の句」の短句で終わる決まりもあります。歌仙を巻く現場は、緊張の中にも根本において和やかな親睦精神が流れています。連句を通して私は、「和する心のあり方」を知らず知らずに学んで来たように感じます。

こうした経験を積み、折節につけて相手を思い、そして素直な気持ちで俳句、和歌、詩を書いて相手に気持ちを伝える詩作がはじまりました。この本を読んで下さる方にとって、私の詩には伝統的な七五調を踏んでいるものが多いと気付く方が多いと思います。これはこのような理由からです。

そして、載せてある詩の原文には実際の特定の相手がいました。今現在、パソコン上に残っているものを基にして、現代の社会にも通じるような作品を選んだつもりでいます。相手に贈った後にその内容が既に再現できないものも多々ありましたが、ここに載せた詩文や文章を味わって頂き、その思いの鼓動が読者の心の襞を少しでも揺する事が出来ましたら幸せと思っています。

私は今年で七十歳を迎えます。昔から「古希稀なり」と言われます。これまでの詩の一部を小さな本にして記念に出版するのも一つの節目になるのでは……と思うようになりました。

「しもつけ連句会」でお世話を頂いた、会長の丸山一彦先生が他界されてから久しい時間が流れました。残念ながら宇都宮蕪村顕彰会で精力的に御活躍された成島行雄先生も物故の人となりました。連句実践の中で連句の式目（決まり事）などを丁寧に御指導下さった江連晴生先生は今もお達者でインターネットを縦横無尽に活用し、ネット上での「夜半亭ワールド」という蕪村の世界を広げておられます。私の蕪村研究の一端やメールでやり取りした拙文を「星春乃」の名前でアップロードを試みて下さったのも江連晴生先生でした。また、連句を巻くようになって間もない頃、「歌仙を巻く楽しさ」という私の感想文を高く評価し励まして下さったのは中田亮先生でした。この嘗て書いた文章を基にして今回また「連句から学んだ和する心」として考察を深め、ここに紹介させて頂きました。

連句を通じた多くの方々との出会いは私にとっての大切な宝となっております。ここに一つの区切りをつけて、皆様に心より感謝を述べさせて頂きます。

この詩集の出版には、連句の仲間であり親友でもある三木紋音さんが強く肩を押して下さいました。また漢語会で御一緒している老朋友からも応援を頂きました。ここにお礼を申し上げます。出版に御尽力頂いた文芸社の担当の方々にも謝意をお伝えして後書きと致します。

宮星春乃

二〇一九年四月九日

著者プロフィール

宮星 春乃（みやほし　はるの）

1949年、神奈川県出身。
栃木県在住。

詩集―瑠璃色の星の片隅に

2019年12月15日　初版第1刷発行
2022年12月25日　初版第2刷発行

著　者　宮星 春乃
発行者　瓜谷 綱延
発行所　株式会社文芸社
〒160-0022　東京都新宿区新宿1－10－1
電話　03-5369-3060（代表）
03-5369-2299（販売）

印　刷　株式会社文芸社
製本所　株式会社MOTOMURA

ISBN978-4-286-20800-8